SCOOBY-DOO!™

et

l'épouvantail

D0645062

SCOOBY-DOO! et l'épouvantail

James Gelsey

Texte français de France Gladu

Éditions SCHOLASTIC

Il est interdit de reproduire, d'enregistrer ou de diffuser en tout ou en partie
le présent ouvrage, par quelque procédé que ce soit, électronique, mécanique,
photographique, sonore, magnétique ou autre, sans avoir obtenu au préalable
l'autorisation écrite de l'éditeur. Pour toute information concernant les droits,
s'adresser à Scholastic Inc., 557 Broadway, New York, NY 10012, É.-U.

Copyright © 2005 Hanna-Barbera.
Scooby-Doo et tous les personnages et éléments qui y sont associés
sont des marques de commerce et © de Hanna-Barbera.
WB Shield : ™ et © Warner Bros. Entertainment Inc.
(s05)

Copyright © Éditions Scholastic, 2005, pour le texte français.
Tous droits réservés.

ISBN 0-439-95360-X

Titre original : Scooby-Doo! and the Farmyard Fright

Conception graphique : Carisa Swenson

Illustrations de la couverture et de l'intérieur : Duendes del Sur

Édition publiée par les Éditions Scholastic,
175 Hillmount Road, Markham (Ontario) L6C 1Z7

5 4 3 2 1   Imprimé au Canada   05 06 07 08

Pour Vanessa

— Tu es sûr que nous ne sommes pas perdus, Fred? demande Sammy, assis à l'arrière de la Machine à mystères. Nous roulons depuis des années!

— Depuis 45 minutes exactement, Sammy, corrige Véra.

— D'accord, mais pour mon estomac, ça fait au moins 45 heures! dit Sammy. Quand est-ce qu'on s'arrête pour casser la croûte?

— Aucun arrêt n'est prévu avant la ferme Le Potiron, déclare Fred.

— Comment? C'est pour aller à la ferme que vous nous amenez, Scooby et moi, à des kilomètres de la civilisation! s'exclame Sammy. Nous détestons la ferme. Rien de plus ennuyeux!

— R'ouais! R'ennuyeux! renchérit Scooby.

— Je crois que celle-ci vous plaira, dit Daphné. Il y a un enclos où l'on peut caresser les animaux.

— Et puis on fait des promenades en charrette à foin, ajoute Fred.

Sammy et Scooby se regardent et bâillent à s'en décrocher la mâchoire.

— Sans oublier un gigantesque barbecue, continue Véra.

Scooby dresse l'oreille :

— R'arbecue?

— Pourquoi vous ne l'avez pas dit plus tôt?

demande Sammy. Scooby et moi, nous adorons les fermes!

Daphné regarde alors par la fenêtre de la fourgonnette. Un immense panneau publicitaire borde la route.

— « Futur emplacement des habitations de prestige Les fermes Dupré », lit-elle. Bon sang! Quelle tristesse de voir toutes ces fermes se faire avaler par les promoteurs immobiliers.

— Il ne restera bientôt plus de fermes, ajoute Véra.

Peu après le panneau publicitaire se dresse une petite affiche fabriquée à la main. Daphné lit de nouveau :

— « Tournez ici pour le grand labyrinthe en maïs Le Potiron. »

— Le grand quoi? demande Sammy.

— Labyrinthe en maïs, dit Véra d'une voix neutre. C'est un labyrinthe géant taillé dans un champ de maïs. Il est unique en son genre dans la région.

— L'ouverture officielle du labyrinthe a lieu demain, mais nous pourrons y jeter un coup

d'œil dès aujourd'hui, dit Daphné. Je rédige
un article sur le sujet dans le journal de l'école,
vous vous rappelez?

La Machine à mystères roule maintenant
le long d'un interminable chemin de terre. Les
plants de maïs défilent en rangs serrés de chaque
côté de la route. Soudain, un épouvantail surgit
du champ en courant et se précipite devant la
fourgonnette. Fred appuie à fond sur le frein.

— Sapristi! s'écrie Sammy. Un épouvantail en
fuite!

L'épouvantail, qui s'approche au pas de course de la Machine à mystères, tient une grande affiche devant le pare-brise.

— « Partez ou payez le prix! » lit Fred.

— Qu'est-ce que ça signifie, à votre avis? demande Daphné.

— Ça veut peut-être dire qu'il faut acheter des billets d'entrée, suggère Véra.

— Ou que cette affreuse guenille empaillée veut nous voir déguerpir! dit Sammy. Alors faisons demi-tour et rentrons en ville.

L'épouvantail émet un rugissement et fonce de nouveau vers le champ de maïs.

— Très étrange, dit Véra.

— Daphné, quand tu intervieweras M. Le Potiron pour ton article, n'oublie pas de l'interroger au sujet de cet épouvantail, suggère Fred.

— J'ai déjà ajouté la question à ma liste, répond Daphné.

Quelques minutes plus tard, la fourgonnette s'arrête devant une grande maison de ferme rouge. Tout à côté se trouve un vaste enclos où broutent des moutons, des chèvres et bien d'autres animaux. De grosses meules de foin parsèment la terre entourant la ferme. Quelques voitures sont stationnées devant la maison.

— Terminus, les amis, dit Fred. Tout le monde descend!

Le groupe vient à peine de quitter la

fourgonnette, que Scooby sent un chatouillement dans les narines :

— R'a-r'a-r'a-r'atchoooooum!

— À tes souhaits, Scooby, dit Véra.

— Qu'est-ce qui t'arrive, mon vieux? demande Sammy. Tu as des allergies?

— R'hume des r'oins! répond Scooby. R'aaatchooum!

— Pauvre Scooby, dit Daphné. Nous allons faire vite, alors. Je vais interviewer M. Le Potiron et nous rentrerons chez nous.

— Hé! un instant! dit Sammy. Nous n'avons pas roulé des heures pour rentrer à la maison aussitôt! Surtout quand un gros barbecue de ferme se prépare!

— Qu'en penses-tu, Scooby? demande Véra.

— R'ouais! R'arbecue! R'atchooum!

— Ça, c'est mon copain! dit Sammy. Mené par le ventre plutôt que par le bout du nez!

Chapitre 2

Les amis s'approchent d'un groupe de gens rassemblés devant la maison.

— Bonjour! lance Fred. Nous cherchons M. Le Potiron.

Un homme vêtu d'une salopette de travail, d'une chemise jaune et d'un grand chapeau de paille se retourne en souriant.

— C'est moi! dit-il. Puis-je vous aider?

— Oui, monsieur, dit Daphné. Je me présente : Daphné Blake. Je vous ai téléphoné au sujet d'une interview pour le journal de mon école.

— Bien sûr, Daphné, répond M. Le Potiron

avec bonne humeur. Au fait, on ne m'appelle pas
« monsieur », mais Joe le fermier.

— Enchantée, Joe le fermier, dit Daphné.
Voici mes amis : Fred, Véra, Sammy et Scooby-
Doo.

— Bienvenue à la ferme Le Potiron, où l'on
trouve le grand labyrinthe en maïs, le seul du
genre dans la région, déclare le fermier d'un ton
fier. Je dois d'abord terminer avec ces autres
journalistes. Vous pouvez
jeter un coup d'œil aux
environs en attendant.

— Génial! dit
Daphné.

— Au fait, Joe le
fermier, j'ai bien aimé
l'épouvantail qui
accueille les visiteurs
sur la route, dit Véra.
Mais il risque peut-être
d'en effrayer certains.

— Qui risque d'effrayer
certains visiteurs? demande le fermier.

— Vous savez, la personne que vous avez engagée : elle est déguisée en épouvantail et arrive en courant sur la route pour rappeler aux gens qu'ils doivent payer leur entrée, dit Fred.

— Je n'ai engagé personne pour se déguiser en épouvantail, s'étonne Joe le fermier. Êtes-vous sûrs de ce que vous dites?

Véra s'empresse de répondre :

— Euh, nous avons dû nous tromper. Si nous allions examiner les alentours, les amis…

— L'enclos se trouve de l'autre côté de la maison, dit le fermier en souriant. Le labyrinthe et la charrette à foin sont à l'arrière, mais je préfère vous guider moi-même dans le labyrinthe. Oh! et le barbecue aura lieu sur la terrasse.

— Voilà qui répond à ma seule question, dit Sammy. Viens, Scooby. Allons faire la queue pour être les premiers servis.

— Pas si vite, vous deux, dit Véra. Nous vous accompagnons derrière la maison.

— Pourquoi? demande Sammy. Il ne peut rien nous arriver entre ici et là-bas!

— Nous voulons simplement nous en assurer, dit Fred d'un air moqueur.

En contournant la maison, le groupe passe près d'un énorme tas de grands sacs de toile.

— Bon sang! Je n'ai jamais vu d'aussi gros sacs de thé! s'exclame Sammy.

— Ces sacs ne contiennent pas de thé, Sammy. On les remplit d'épis de maïs après la récolte, explique Véra.

Les amis relèvent la tête et aperçoivent une femme qui se dirige vers eux à reculons. Elle mesure le côté de la maison en s'efforçant de garder l'extrémité du ruban métallique bien en place pendant qu'elle le déroule. Au moment où elle arrive tout près du groupe, Scooby éternue bruyamment.

— R'a-r'a-r'a-r'atchoooooum!

La femme sursaute et laisse échapper son ruban. La longue bande jaune glisse sur le sol et s'enroule brusquement dans sa boîte avec un

11

claquement sec.

— R'ésolé, s'excuse Scooby.

— Ce n'est rien, répond vivement l'inconnue. Je crois bien que j'ai retenu la mesure.

— Tu m'en diras tant, Raymonde Cloutier, coupe Joe le fermier, alerté par l'éternuement de Scooby. Puisque je refuse de te vendre ma terre, serais-tu en train de manigancer quelque chose pour m'arracher ma maison?

— Je prends simplement quelques mesures pour nos modèles, répond la femme en s'essuyant les mains sur un foulard rouge qu'elle enfouit dans sa poche. Nous voulons que les habitations Les fermes Dupré aient une allure authentique.

— Les fermes Dupré? N'avons-nous pas vu ce nom sur un panneau? demande Véra.

— Juste à côté d'ici, dit Joe le fermier en

hochant la tête. La société immobilière de Raymonde vient d'acheter la ferme Dupré, voisine de la mienne. Et Raymonde voudrait maintenant que je vende moi aussi.

— Nous avons offert un très gros montant aux Dupré contre leur ferme. Beaucoup plus qu'ils n'auraient pu obtenir en exploitant eux-mêmes leur terre. Et si tu nous vends ta maison, Joe, nous allons te verser une somme bien supérieure à celle que te rapportera jamais ton malheureux labyrinthe.

— Écoute, Raymonde, dit Joe le fermier. Le grand labyrinthe en maïs Le Potiron va attirer suffisamment de visiteurs pour me permettre de faire fonctionner ma ferme.

— Oui, et il va attirer aussi les bouchons de circulation, les autobus de touristes et une quantité d'autres inconvénients qui risquent de gêner les acheteurs des habitations Les fermes Dupré, rétorque Raymonde. Et retiens bien ceci, Joe Le Potiron : quand j'en aurai terminé avec toi, le grand labyrinthe en maïs ne sera plus qu'un souvenir!

Raymonde saisit son ruban à mesurer par terre et tourne les talons. Au moment où elle passe le coin de la maison, on l'entend pousser un hurlement. Un mouton paraît alors et longe tranquillement le mur.

— Esméralda! s'écrie le fermier. Comment es-tu sortie de l'enclos?

Puis le cri d'un homme retentit :

— À l'aide!

— On dirait Marcel! s'exclame le fermier. Que l'un d'entre vous rattrape Esméralda! Les autres, suivez-moi!

Chapitre 3

Joe le fermier, Fred, Véra et Daphné courent voir ce qui se passe et laissent à Sammy et à Scooby le soin d'attraper la brebis. La bête broute paisiblement sur le gazon.

— Très bien Scooby. Tu es un chien, alors à toi d'attraper ce mouton, dit Sammy.

— R'euh, r'euh! dit Scooby en secouant la tête. R'e suis r'as un r'erger.

— Je sais bien que tu n'es pas un berger, mais le mouton, lui, ne le sait pas. Tu pourrais faire semblant, suggère Sammy.

— R'accord, dit Scooby.

Scooby redresse le corps, à la manière d'un chien de berger, et aboie trois fois. Esméralda lève les yeux vers lui, incline un peu la tête, puis se remet à brouter.

— Essaie plutôt comme ça, Scooby, dit Sammy.

Il se met à quatre pattes et lance quelques jappements. Cette fois, la brebis ne lève même pas les yeux.

— Eh bien, je ne suis pas mieux que toi en chien de berger, on dirait.

Scooby sent un nouveau picotement lui monter au nez et laisse échapper un puissant éternuement :

— R'a-r'a-r'a-r'atchoooooum!

Surpris, le mouton émet un bêlement sonore et s'enfuit en direction du champ de maïs.

— Vite, Scooby, rattrape-le! S'il entre dans le champ, nous allons le perdre!

16

Scooby s'élance à la poursuite d'Esméralda, mais trop tard. La brebis a disparu parmi les plants de maïs. Les deux amis partent à sa recherche. Quelques instants plus tard, ils entendent du bruit.

— Hé, Scooby, chuchote Sammy, je crois qu'Esméralda est par ici.

Ils s'avancent à pas de loup. Puis Sammy écarte les plants de maïs.

— R'ahhh! crie Scooby.

Il bondit aussitôt dans les bras de Sammy et entoure la tête de celui-ci avec ses pattes.

Un grand gaillard à barbiche portant un foulard rouge autour du cou surgit du champ de maïs.

— Oh! je suis désolé, dit-il. Je ne voulais pas effrayer votre chien. Je me promenais simplement dans le champ, en quête d'inspiration.

— Euh… mais quel genre d'inspiration est-ce qu'on trouve dans les plants de maïs? demande Sammy en essayant de dégager sa tête des pattes de Scooby.

— Une inspiration artistique. Je suis Fortunato et je crée de l'art vivant, déclare l'homme. Dans l'esprit du grand labyrinthe en maïs de Fortunato.

— Vous voulez dire le grand labyrinthe en maïs Le Potiron? demande Sammy.

— Pourquoi devrait-on l'appeler le grand labyrinthe en maïs Le Potiron alors que c'est moi, le grand Fortunato, qui l'ai créé?

— Pourquoi? dit Sammy. Mais je n'en sais rien!

— On ne devrait pas l'appeler Le Potiron! explose Fortunato. J'ai quitté la ville pour chercher l'inspiration dans la nature. Joe le

fermier m'a laissé me
promener sur ses
terres. Pour le
remercier, je lui ai
donné un de mes
dessins, semblable
à celui-ci.

Fortunato sort
de sa poche une
feuille qu'il déplie
et montre à
Sammy. Il s'agit du
dessin d'un labyrinthe.

— C'est le labyrinthe dont tout le monde
parle? demande Sammy.

— Précisément, poursuit Fortunato. Mais je
n'ai jamais permis à Joe le fermier de transformer
mon œuvre d'art en labyrinthe géant. À présent,
il va faire payer les gens et c'est lui qui récoltera
l'argent et les honneurs. C'est injuste. Lorsqu'on
cherche à se moquer de Fortunato, on ne s'en
tire pas si facilement!

— R'a-r'a-r'a-r'atchoooooum!

Scooby éternue si fort qu'il tombe par terre et s'étale de tout son long.

— Eh bien… heureux… euh… d'avoir fait votre connaissance, monsieur Fortunato, dit Sammy en aidant Scooby à se relever. Viens Scooby. Il faut aller annoncer à Joe le fermier que nous avons perdu son mouton.

— Quand vous le verrez, prévenez-le que Fortunato n'a pas dit son dernier mot! crie l'artiste, furieux, en disparaissant dans le champ.

— À mon avis, Scooby, ce type a des grains de maïs au plafond, si tu vois ce que je veux dire. Partons vite d'ici avant qu'il revienne.

Chapitre 4

Sammy et Scooby reprennent le chemin de la maison et se dirigent vers l'enclos. Ils aperçoivent le reste de la bande et Joe le fermier qui discutent avec un autre homme.

— Tu en es sûr, Marcel? demande Joe le fermier.

— Vrai comme je vous le dis. Je l'ai vu en sortant de la maison! s'exclame l'homme. L'épouvantail a ouvert la barrière et a poussé tous les animaux dehors. Puis il s'est sauvé dans le champ de maïs. J'ai réussi à ramener tous les animaux, sauf Esméralda.

— Oui, au fait, où est donc Esméralda?

demande Joe le fermier à Sammy et à Scooby.

— Elle est… partie en promenade… dans le champ de maïs, avoue Sammy.

— R'ésolé, gémit Scooby.

— Nous avons essayé de l'attraper, mais elle était trop rapide, explique Sammy. Puis un type bizarre qui s'appelle Fortunato est sorti du champ et a effrayé Scooby.

— C'est le gars dont je vous ai parlé. Celui qui m'a donné le dessin, dit Joe le fermier. Dès que j'ai eu terminé de tailler mon labyrinthe, il s'est mis à me harceler pour obtenir les honneurs et la moitié de l'argent que cette affaire allait me rapporter. Je n'ai jamais vu un artiste aussi cinglé. Bon, assez bavardé. Je dois retrouver Esméralda, maintenant.

Joe le fermier s'éloigne vers le champ pour chercher la brebis égarée.

— Je n'ai jamais vu un épouvantail aussi étrange,

22

je vous le dis, poursuit Marcel en s'essuyant le front avec un foulard rouge. Je travaille ici depuis une trentaine d'années et jamais un épouvantail n'était devenu vivant, avant! Mais il faut que je m'habitue à voir bien des choses que je n'ai jamais vues avant.

— Ah oui? Lesquelles, par exemple? demande Daphné.

— Un labyrinthe taillé dans un champ de maïs, dit Marcel avec rage. Complètement stupide. Maintenant, toutes sortes d'énergumènes de la ville vont venir fouiner dans tous les coins et ennuyer les animaux. Comme je l'ai dit des centaines de fois à Joe le fermier…

— …C'est une ferme, ici, ce n'est pas un parc d'amusement, récite Joe le fermier en revenant avec Esméralda.

Il ouvre la barrière et pousse doucement la brebis à l'intérieur de l'enclos. Puis il verrouille la barrière et revient vers le groupe :

— Notre Marcel s'inquiète au sujet des animaux.

— Il faut bien que quelqu'un s'inquiète! coupe Marcel. Je suis ici tous les jours avec les poules, les vaches, les moutons, les chevaux, les chèvres et les autres. Avez-vous pensé au tort que le labyrinthe pourrait leur causer? Et à présent, un épouvantail fait peur aux visiteurs qui arrivent en auto et chasse les animaux, par-dessus le marché. Quels mauvais coups est-ce qu'il va faire encore, celui-là?

— Marcel, si tu allais t'assurer que les animaux vont bien avant de terminer tes travaux? suggère Joe le fermier. De mon côté, je vais montrer le labyrinthe aux jeunes.

— Génial! dit Daphné. J'ai hâte de voir!

Joe le fermier conduit la bande derrière la maison. Il ouvre une petite boîte métallique fixée au mur rouge et en sort un microphone. Il appuie sur un bouton et annonce :

— Attention, attention! On demande à tous les visiteurs de se rassembler à l'entrée du labyrinthe.

Des haut-parleurs projettent la voix de Joe le fermier dans tous les coins de la ferme. En rangeant le microphone, il explique :

— Avec ça, les gens qui se trouvent dans le labyrinthe pourront entendre mes messages… s'ils perdaient la notion du temps, par exemple, ou je ne sais quoi.

Joe le fermier conduit alors les cinq amis en bordure du champ de maïs. Près d'un sentier, on a posté un épouvantail qui tient une affiche indiquant la direction à prendre.

— R'oh r'oh! dit Scooby en se cachant derrière Sammy.

— Ne crains rien, Scooby, dit Joe le fermier. Les épouvantails ne sont pas vivants. Ce sont tous des mannequins.

— Vous voulez dire qu'il y en a d'autres? se lamente Sammy.

— Bien sûr. J'ai placé des épouvantails comme celui-là sur tout le terrain, dit Joe le fermier. Ils tiennent des affiches qui orientent les gens.

Le groupe suit Joe le fermier le long d'un court sentier qui mène à une clairière à l'intérieur du champ de maïs. Une immense bannière portant la mention *Le grand labyrinthe en maïs Le Potiron* a été installée dans cette zone dégagée. Certains journalistes sont déjà sur les lieux en train de prendre des photos.

— Voilà! Nous y sommes! annonce fièrement Joe le fermier.

— Mais je ne vois pas de labyrinthe, constate Sammy. Je ne vois que des plants de maïs!

— C'est ça un labyrinthe, Sammy, dit Véra. Pour avoir une vue d'ensemble, il faudrait se placer à une trentaine de mètres au-dessus du sol.

— Hé! Joe le fermier! J'ai une question! crie l'un des journalistes. Que se passerait-il si quelqu'un se perdait?

— Chaque épouvantail possède une poche. Et dans cette poche, on trouve tous les détails nécessaires pour regagner la sortie, explique Joe le fermier.

— Quand pourrons-nous nous promener dans le labyrinthe? demande ensuite un autre journaliste.

— Tout de suite, si vous le voulez, propose Joe le fermier. Préparez-vous, mesdames et messieurs, car vous allez pénétrer dans Le grand labyrinthe en maïs Le Potiron!

Chapitre 5

Joe le fermier s'avance vers l'entrée du labyrinthe située sous la grande bannière. Près de l'entrée, un épouvantail tient une affiche portant la mention « ENTREZ ICI ». Un ruban jaune attaché à deux plants de maïs est suspendu juste au-dessus de l'entrée.

— Les amis, je suis très heureux de vous accueillir au grand labyrinthe en maïs Le Potiron! annonce Joe le fermier. J'en suis joliment fier, et j'espère que vous et vos enfants vous y amuserez pendant des heures. Et maintenant, j'aimerais inviter mademoiselle Daphné Blake à me donner un coup de main pour l'ouverture officielle.

— Moi? demande Daphné, le souffle coupé.

— Vas-y, Daphné! insiste Fred.

Le reste de la bande applaudit avec enthousiasme pendant que Daphné s'approche de Joe le fermier, qui ramasse une paire d'énormes cisailles à haie et la lui tend.

— Veillez à bien photographier ça, rappelle Joe le fermier aux journalistes. Un... deux...

Il n'a même pas le temps de terminer qu'on entend un grognement retentissant. Soudain, l'épouvantail s'anime. Il s'avance en déchirant le ruban jaune.

— Bande d'idiots! hurle-t-il. Je vous avais prévenus qu'il fallait partir ou payer le prix. Le moment est venu de payer. Pour chaque heure que vous passerez ici, l'un de vous deviendra mon prisonnier. Et je ne m'arrêterai que lorsque ce labyrinthe fermera pour toujours!

L'épouvantail saisit alors Daphné. Il la lance sur son épaule et disparaît dans le labyrinthe.

Abasourdis, les journalistes oublient de

photographier. Vite, ils font volte-face et courent vers leur voiture.

— Attendez! Mais où allez-vous? s'exclame Joe le fermier.

— Raconter l'histoire de la ferme hantée dans nos journaux! lui crie l'un d'eux.

Pendant ce temps, Fred, Véra, Sammy et Scooby foncent vers l'entrée du labyrinthe.

— Dépêchons-nous! Il faut retrouver Daphné et l'épouvantail, lance Fred.

— Pas si vite. Ce labyrinthe est si compliqué qu'ils peuvent se trouver n'importe où. Vous pourriez y passer des heures sans repérer la moindre trace de l'un ou de l'autre, dit Joe le fermier.

— Très juste, dit Fred. Heu… Dans ce cas, pourrais-je voir vos plans du labyrinthe?

— Bien sûr, répond Joe le fermier.

— Génial! dit Fred. Véra, pendant que j'examine les plans, toi, Sammy et Scooby pourriez commencer à chercher Daphné. Et rappelez-vous : si vous vous perdez, repérezvous grâce aux épouvantails.

— Entendu, dit Véra. Allons-y, les amis.

Fred et Joe le fermier retournent vers la maison. Véra, Sammy et Scooby entrent dans le labyrinthe et suivent le sentier quelques instants. Sammy remarque alors un objet rouge suspendu à un plant de maïs. Il étire le bras et décroche un foulard.

— Dis donc, ce Joe le fermier pense vraiment à tout, remarque Sammy. Il a même accroché des petits foulards pour que nous puissions nous essuyer le front.

— Il ne s'agit pas d'un foulard ordinaire, Sammy, dit Véra. Il s'agit d'un indice. Daphné a dû le tirer de la poche de l'épouvantail pour nous indiquer le chemin.

— Maintenant que nous avons un indice, nous pourrions faire une pause-collation!

propose Sammy. Il y a du maïs, du maïs ou du maïs. Qu'est-ce que tu choisis, Scooby?

— Ce n'est pas le moment de faire des blagues, Sammy, gronde Véra. Lorsque nous aurons trouvé Daphné et l'épouvantail, je parie que Joe le fermier commencera le barbecue.

— Alors qu'est-ce qu'on attend? s'exclame Sammy. Viens, Scooby. Cherche Daphné!

— R'erche Daphné! répète Scooby.

Chapitre 6

Véra, Sammy et Scooby avancent dans le labyrinthe. Ils parcourent un étroit sentier jusqu'au bout, puis aperçoivent un autre épouvantail indiquant diverses directions.

— Pas d'indice de Daphné pour nous aider, cette fois, dit Véra. Je crois qu'il vaut mieux nous séparer, maintenant. Sammy et Scooby, prenez le sentier à gauche et moi, je vais vers la droite. Si vous voyez quoi que ce soit, hurlez mon nom. Je vous retrouverai en suivant le son de votre voix.

— Bonne idée, Véra, dit Sammy. Viens, Scooby. Peut-être qu'avec ton nez, tu pourras flairer la piste de Daphné.

Scooby colle son nez au sol et se met à renifler les alentours. Mais il a beau renifler, il ne trouve rien. C'est alors qu'un brin de paille lui chatouille les narines. Il éternue :

— R'a-r'a-r'a-r'atchooooooum!

Puis il effectue un reniflement d'essai avec chacune de ses narines :

— R'ahhh! R'arfait r'aintenant!

Scooby pose de nouveau le nez au sol et renifle de plus belle. Très vite, il détecte une odeur. Il se met à marcher si rapidement que Sammy doit courir pour le suivre.

— Bien joué, Scooby, dit Sammy. Je savais que tu y arriverais. Trouvons d'abord Daphné, puis nous trouverons le repas!

Scooby s'arrête soudain au milieu du sentier.

— Qu'y a-t-il, Scooby? demande Sammy. Est-elle ici?

Scooby renifle l'air, puis les plants de maïs d'un côté et de l'autre du sentier.

— R'ésolé, dit-il en haussant les épaules.

— Au moins, tu as essayé, mon vieux, dit Sammy. Comment revenons-nous à l'entrée pour retrouver Véra, à présent?

— R'en sais r'ien, dit Scooby.

— Tu veux dire que tu ne te rappelles pas le chemin qui conduit à la sortie? demande Sammy. Euh… et si tu suivais les odeurs à l'envers?

Avant que Scooby ait pu lui répondre, un bruit étrange se fait entendre.

— Scooby, ce drôle de bruit, dit Sammy.

— R'ouais, chuchote Scooby.

— Quelles sont les chances pour que ce soit Esméralda la brebis?

Le bruit se rapproche.

— Sortons d'ici sur la pointe des pieds, Scooby, chuchote Sammy.

Sammy et Scooby reculent silencieusement sur le sentier, guettant le moindre froissement des plants de maïs.

Après quelques mètres, Sammy heurte quelque chose. Scooby et lui restent figés. Sammy regarde entre ses jambes et aperçoit celles d'un épouvantail debout derrière lui. Pris de panique, il s'écrie :

— Hou! Un épouvantail! Sauvons-nous, Scooby!

Sammy et Scooby s'enfuient, ventre à terre. L'épouvantail les suit de près.

— À l'aide! Véra! Fred! Daphné! N'importe qui! Au secours! hurle Sammy en courant.

Chapitre 7

L'épouvantail poursuit Sammy et Scooby. Ils montent et descendent des sentiers, foncent dans les tours et détours du labyrinthe. Au bout d'un moment, Sammy se retourne. L'épouvantail a disparu.

— Ça va, Scooby. Nous pouvons nous arrêter, maintenant, dit Sammy. Je crois qu'il est parti.

Pendant que les deux amis reprennent haleine, ils entendent de nouveaux bruits dans les plants de maïs.

— Oh, non! Ça recommence! dit Sammy dans un souffle.

Le bruit se rapproche. Il est tout près. Mais avant que Sammy et Scooby aient le temps de s'enfuir, quelqu'un apparaît entre les plants.

— Daphné! s'écrie Sammy. Nous avons cru que l'épouvantail nous rattrapait!

— R'ouais! aboie Scooby en faisant un gros câlin à son amie.

— Chuuuut! dit Daphné à voix basse en posant son index sur ses lèvres.

Elle fait signe à Sammy et à Scooby de la suivre. À quelques pas de là, elle remarque un bout de papier par terre, sur le sentier. Elle le ramasse et le déplie.

— Super génial! s'exclame-t-elle à mi-voix. L'épouvantail a dû le perdre alors qu'il vous pourchassait.

En suivant les indications fournies sur le papier, Daphné guide Sammy et Scooby dans le labyrinthe. Ils ne tardent pas à retrouver l'entrée.

— Tu nous a vraiment sortis du pétrin, Daphné, dit Sammy.

— R'erci! dit Scooby en léchant Daphné sur la joue.

— Pas de quoi, Scooby! répond Daphné en riant. Hé! mais où sont Fred et Véra?

— Fred est retourné à la ferme avec Joe le fermier, répond Sammy. Véra et nous avons pris des chemins différents dans le labyrinthe. Sapristi! J'espère que l'épouvantail ne l'a pas trouvée!

— Eh bien non, ne t'inquiète pas, dit Véra en sortant du labyrinthe. Comme je ne voyais plus d'indices, j'ai suivi les indications placées dans les poches des épouvantails.

Fred, qui revient de la maison, arrive à son tour dans la clairière.

— Daphné! Que je suis content de te revoir! dit Fred. Est-ce que ça va?

— Très bien, répond Daphné. J'ai réussi à échapper à l'épouvantail quand il m'a remise par terre pour se reposer, dit-elle. Puis, lorsque

Sammy et Scooby m'ont retrouvée, nous sommes tombés sur cet indice.

Elle montre aux autres le papier plié.

— Hé, mais ça ressemble au dessin que l'artiste dingue nous a fait voir, dit Sammy. Vous avez remarqué tous ces chiffres au bas de la feuille : 15G, 20D, 10D, 25G? Qu'est-ce que ça veut dire?

— Ça veut dire que nous faisons un pas de plus vers la solution de l'énigme, dit Fred.

Je viens d'étudier le plan du labyrinthe et j'ai appris une chose importante.

— Quoi donc, Fred? demande Daphné.

— Le labyrinthe n'a qu'une issue, explique Fred. Donc, il n'y a qu'un sentier qui va de l'entrée jusqu'au cœur du labyrinthe, puis qui revient vers l'entrée.

— Alors il nous suffit de verrouiller l'entrée et d'attendre que l'épouvantail se décide à sortir, pas vrai? demande Sammy.

— Sammy, on ne peut pas verrouiller des plants de maïs, dit Véra.

— Mais alors, à quoi sert cette clé? dit Sammy.

Il montre du doigt une clé, par terre près de l'entrée, juste à côté d'un bout de ruban jaune froissé.

Véra s'agenouille et ramasse la clé. Elle souffle sur la poussière qui recouvre l'objet et l'examine avec soin.

— Sammy, je crois que tu viens de nous aider à résoudre notre énigme, dit-elle.

Véra tend la clé à Fred.

— Véra a raison, dit Fred. Et si le papier signifie ce que je pense qu'il signifie, il nous reste peu de temps pour agir. Le moment est venu de tendre un piège à l'ennemi. Alors écoutez-moi bien…

Chapitre 8

— Tôt ou tard, l'épouvantail sortira du labyrinthe, commence Fred. Notre but est de le pousser à sortir rapidement.

— Et comment allons-nous faire? demande Sammy. Mais est-ce que je veux vraiment le savoir?

— Nous allons faire comme s'il arrivait d'autres visiteurs et que ces visiteurs allaient se promener en charrette à foin, poursuit Fred.

Sammy l'interrompt :

— Désolé, Fred, mais j'ai l'impression que l'épouvantail ne sera pas vraiment d'humeur à se promener en charrette.

— Non, mais il sera d'humeur à effrayer les promeneurs, dit Véra.

— Justement, et c'est là que vous entrez en action, Scooby et toi, dit Fred. Au moment où l'épouvantail sortira du labyrinthe, Scooby, arrange-toi pour qu'il te poursuive jusqu'à la charrette à foin. Sammy et moi l'attendrons. Quand il arrivera, nous le prendrons au piège en lui lançant un de ces énormes sacs de toile sur la tête.

— Mes félicitations, mon vieux Fred, dit Sammy en donnant une tape dans le dos de son ami. Tu as encore réussi!

— Réussi quoi? demande Fred.

— Réussi à imaginer un autre plan auquel Scooby et moi n'avons pas du tout l'intention de participer, répond Sammy.

— Est-ce vrai, Scooby? interroge Daphné.

Scooby réfléchit un instant, puis il hoche la tête.

— R'ouais, dit-il. R'est vrai.

— Que c'est dommage, dit Daphné en

secouant la tête. Parce qu'en plus du grand barbecue, j'allais t'offrir des Scooby Snax pour te remercier de ton aide. Mais si ça ne t'intéresse pas…

— R'attends! aboie Scooby. R'on r'accepte!

— Merci, Scooby, dit Daphné. Tu es le chien le plus brave des environs!

Elle prend un Scooby Snax dans la boîte et le lance dans les airs. Scooby attend que le biscuit soit sur le point de toucher le sol, puis, en une fraction de seconde, il s'étire et l'attrape avec la langue.

— Bien joué, Scooby, dit Sammy avec admiration.

— R'erci, répond Scooby.

— Bon, assez rigolé, dit Fred. Il est temps de passer à l'action.

— Je vais demander à Joe le fermier s'il veut

bien nous aider, dit Daphné.

— Et moi, je vais chercher un grand sac de toile derrière la maison, dit Véra. Je vous retrouverai à la charrette à foin.

Les deux filles partent au pas de course sur le sentier qui conduit à la ferme.

— Comme l'épouvantail ne peut sortir du labyrinthe que par ici, tu ne bouges pas et tu l'attends, Scooby, dit Fred. Quand il sortira, arrange-toi pour qu'il te poursuive sur le sentier qui mène à la ferme. Puis cours jusqu'à la charrette à foin, et nous ferons le reste.

— R'accord, dit Scooby.

Fred et Sammy prennent le sentier à leur tour pour se rendre à leur poste. Quelques instants plus tard, Scooby entend la voix de Joe le fermier dans les haut-parleurs.

— Bonjour aux nouveaux arrivants, dit-il. Bienvenue à la ferme Le Potiron. Avant de passer au labyrinthe, veuillez nous rejoindre derrière la maison. Nous vous offrons une promenade dans notre charrette à foin du bon vieux temps.

Assis devant l'entrée du labyrinthe, Scooby

attend l'épouvantail. Il ne tarde pas à entendre, dans les plants de maïs, le bruit familier qui indique l'arrivée de quelqu'un.

— R'oh! r'oh! dit Scooby à haute voix.

À cet instant, l'épouvantail apparaît au milieu d'une rangée de plants de maïs et s'élance vers Scooby.

— R'aïe! aboie Scooby.

Il se dresse maladroitement sur ses pattes et galope sur le sentier qui conduit à la maison. Arrivé à l'extrémité, il tourne à gauche en

direction de la charrette à foin, l'épouvantail à ses trousses.

Sammy, coiffé d'un chapeau de paille, est au volant du tracteur.

— Par ici, Scooby! crie-t-il. Le moteur est en marche et tout est prêt!

Scooby saute dans la charrette. Avant que l'épouvantail puisse le suivre, Fred se précipite et lui passe le sac de toile sur la tête. Mais il en faut davantage pour arrêter l'épouvantail, qui déchire le sac et saute dans la charrette. Il pousse Fred hors du véhicule et se tourne vers Scooby.

Terrorisé, Sammy sursaute et desserre le frein par mégarde. Le tracteur avance brusquement et Sammy bascule vers l'arrière. L'épouvantail est sur le point de l'attraper, mais Scooby lui jette une poignée de foin au visage. Puis Scooby prend son élan et saute de la charrette au siège du conducteur.

Le tracteur est toujours en marche. Scooby prend le volant et tente de déséquilibrer l'épouvantail et de le faire tomber. Mais peine perdue. L'épouvantail parvient même à décrocher la charrette. Et au moment où la charrette se détache, il bondit à l'arrière du tracteur. Il va se jeter sur Scooby… qui l'évite d'un mouvement brusque et perd la maîtrise du véhicule.

Le tracteur fonce droit sur un énorme tas de foin. Déséquilibré, l'épouvantail bascule et atterrit lourdement sur le sol. Fred accourt et saisit une corde près de l'enclos. Aidé de Sammy,

il ligote l'épouvantail pendant que Joe le fermier, Véra et Daphné les rejoignent en hâte.

Chapitre 9

— **E**st-ce que tout le monde va bien? demande Joe le fermier.

— Je crois que oui, dit Fred. À présent, voyons voir qui se cache à l'intérieur de ce costume d'épouvantail.

D'un geste vif, Fred retire le masque.

— Marcel! s'exclame Joe le fermier. C'était donc toi depuis le début? Je n'arrive pas à le croire!

— C'est pourtant vrai, dit Véra. Et nous l'avions deviné.

— Mais comment avez-vous su?

— Nous ne savions pas, au début, explique

Véra. Nous n'étions sûrs de rien, puis nous nous sommes mis à trouver des indices.

— Comme le foulard rouge, poursuit Daphné. Marcel, Raymonde et Fortunato possédaient tous les trois un foulard rouge lorsque nous avons fait leur connaissance. Alors quand nous avons trouvé le foulard rouge à l'intérieur du labyrinthe, nous avons soupçonné que l'un d'entre eux était l'épouvantail.

— C'est alors que Daphné a trouvé un deuxième indice, ajoute Fred. Il s'agit de ce bout de papier.

Fred montre le papier à Joe le fermier.

— Quinze G, vingt D... on dirait des directions, constate Joe le fermier. Quinze pas vers la gauche, vingt pas vers la droite.

— Exactement, dit Véra. Mais ce ne sont pas n'importe quelles directions : ce sont celles du labyrinthe. L'épouvantail utilisait le feuillet pour s'y orienter.

— Et puisque l'épouvantail devait chercher les directions, il ne pouvait s'agir de Fortunato, dit Daphné. D'ailleurs, il possédait encore une copie du dessin du labyrinthe qu'il avait montrée à Sammy et à Scooby. Et comme il a lui-même conçu le labyrinthe, il s'oriente sans doute facilement à l'intérieur.

— Restaient donc Raymonde et Marcel, dit Véra. L'un et l'autre avouaient franchement qu'ils souhaitaient l'échec du labyrinthe. Mais un seul d'entre eux se servait de la clé.

— La clé? demande Joe le fermier.

— Cette clé, que nous avons trouvée près de l'entrée du labyrinthe, dit Fred en exhibant l'objet en question. Si je ne m'abuse, c'est celle de l'enclos.

— Vous vous rappelez que Marcel a prétendu avoir vu l'épouvantail ouvrir l'enclos et

53

faire sortir les animaux? demande Véra.

— Bien sûr. Puis il nous a dit que l'épouvantail s'était enfui dans le champ, dit Joe le fermier. Mais alors?

— Alors rien ne s'est passé de cette façon, répond Fred. Marcel a lui-même ouvert la barrière et chassé les animaux. Il a tout inventé.

— Comment le savez-vous? demande Joe le fermier.

— Quand Marcel s'est plaint au sujet de l'épouvantail, explique Daphné, il a précisé que ce dernier effrayait les visiteurs qui arrivaient en voiture. Or, vous étiez le seul à qui nous avions signalé ce détail, Joe le fermier. Marcel ne pouvait pas être au courant à moins d'avoir lui-même joué l'épouvantail devant les voitures.

— Est-ce que tout ça est vrai, Marcel? demande Joe le fermier.

— Eh bien oui! réplique Marcel en colère.
C'est vrai. Je t'avais prévenu de ne pas faire de
bêtises avec la ferme. Je suis ici depuis trente
ans et je ne voulais pas voir le résultat de mon
travail transformé en terrain de jeu pour les gens
de la ville. Alors j'ai voulu te forcer à fermer
le labyrinthe et à revenir à
l'agriculture. Seulement
la culture, les animaux et
moi. Et tout fonctionnait
comme prévu, jusqu'à ce
que ces jeunes fouines et
leur chien au nez fourré
partout se mettent en
travers de ma route.

— Tiens, justement,
où est-il ce chien au nez fourré
partout? demande Joe le fermier.

— Oh, bon sang! s'écrie Sammy. Je l'avais
complètement oublié!

Il se précipite vers le tas de foin où le tracteur
a foncé et se met à chercher à l'intérieur.

— Scooby? Scooby-Doo? Où es-tu?

Soudain, un éternuement retentit :

— R'a-r'a-r'a-r'atchoooooum!

Un bouquet de brindilles vole dans les airs et une patte de Scooby émerge. Sammy l'attrape et tire de toutes ses forces. Scooby jaillit du tas de foin.

— Chouette alors! Vous avez vu? dit Sammy en souriant. J'ai trouvé un Scooby dans une botte de foin!

Tous éclatent de rire.

— Scooby-Dooby-Doo-r'aaaaatchoum! éternue Scooby.